PETITE BIBLIOTHÈQUE PICARDE

LES
PHOSPHATES DE BEAUVAL

PAR

M. Albert BOR

PROFESSEUR DE CHIMIE A L'ÉCOLE DE MÉDECINE
ET DE PHARMACIE
ET A LA SOCIÉTÉ INDUSTRIELLE D'AMIENS
OFFICIER D'ACADÉMIE.

AMIENS
IMPRIMERIE T. JEUNET
Rue des Capucins, 45

M D CCC LXXXVII

LES PHOSPHATES DE BEAUVAL

PETITE BIBLIOTHÈQUE PICARDE

LES
PHOSPHATES DE BEAUVAL

PAR

M. Albert BOR

PROFESSEUR DE CHIMIE A L'ÉCOLE DE MÉDECINE
ET DE PHARMACIE
ET A LA SOCIÉTÉ INDUSTRIELLE D'AMIENS
OFFICIER D'ACADÉMIE

AMIENS
IMPRIMERIE T. JEUNET
Rue des Capucins, 45

M D CCC LXXXVII

LES PHOSPHATES DE BEAUVAL

Par M. Albert BOR.

Lecture faite à la Société industrielle d'Amiens.

Le Comité de physique, chimie et agriculture de la Société Industrielle d'Amiens a nommé une Commission (1) pour se rendre à Beauval et pour s'assurer de l'importance des nouveaux gisements de phosphate récemment découverts et exploités dans ce pays. Je suis l'organe de cette Commission et je viens vous exposer le résultat de son excursion.

Il m'a semblé qu'il y aurait intérêt pour cette lecture à la diviser en deux parties :

(¹) Cette Commission était composée de MM. Debionne , Ponche, Lambert-Mousin, Lamy, René Vion, Bor.

L'une, celle d'aujourd'hui, dans laquelle on exposerait pourquoi il y a là des phosphates, à quoi sert ce produit naturel, à quels besoins il emprunte sa valeur et sommairement ce que jusqu'ici on espère en tirer comme richesse régionale.

Une seconde partie, traitée un peu plus tard, quand on serait muni de renseignements précis et acquis, donnerait des détails sur les théories de formation, sur l'exploitation, le mode de traitement, les conditions de livraison, la richesse moyenne du phosphate retiré, le cube exploitable, la superficie des terrains favorisés, en un mot tout ce qui, au point de vue pratique, permettra d'estimer à combien correspond ce trésor enfoui dans notre sol.

I.

Si l'on jette les yeux sur la carte du département de la Somme, dans la partie au
nord d'Amiens, deux lignes parallèles courant obliquement vers la Manche, à environ six bonnes lieues de distance l'une de
l'autre, frappent tout d'abord la vue : ce
sont les deux vallées de la Somme et de
l'Authie, qui sont reliées par une grande
voie de communication presque toute droite
allant d'Amiens à Doullens (c'est la route
de Paris à Dunkerque).

Un examen plus approfondi de cette
bande de terre, bornée par les deux vallées,
indique à partir de la Somme, un exhaussement graduel du terrain, par une succession de plissements parallèles aussi aux
rivières jusqu'aux deux tiers du chemin à

1.

. parcourir de notre chef-lieu jusqu'à Doullens, puis le niveau baisse assez vite jusqu'à la rencontre de l'Authie.

Il existe donc une proéminence formant
d'une manière évidente une ancienne digue
naturelle, une ancienne démarcation de ces
deux bassins en proportion de l'importance
de chacun d'eux.

C'est après le village de la Vicogne,
presque à la hauteur de la ferme du Rosel et
du Verre-Galant, que l'on arrive à la hauteur de la butte, à une altitude d'environ
170 mètres au-dessus du niveau de la mer.

Aussitôt la descente, sur le versant op-
posé, c'est-à-dire sur le flanc qui regarde
l'Authie, on arrive sur le terroir de Beauval, à la hauteur des carrières de phosphates, qui longent la route vers l'Est, à la
droite du voyageur.

Joli petit pays, bien vivant, bien coquet

(Beau vallon), on y est du reste parfaitement reçu, que celui où vient de se faire l'heureuse trouvaille qui procure actuellement des rêves dorés à sa population laborieuse.

Ce ne sont pas des rêves ni des châteaux en Espagne, mais une véritable bonne fortune qui s'offre aux habitants de Beauval.

Il faut de la prudence et de la sagesse chez eux pour en savoir profiter pleinement.

Ce que j'en dis ce n'est pas afin de refroidir l'enthousiasme bien légitime des heureux possesseurs de ces terrains si enviés.

Les plus sages recommandations de notre presse départementale ne leur ont pas manqué jusqu'ici, et tout fait espérer qu'une réflexion bien calculée présidera à toutes les transactions qui vont s'effectuer, et cela sous peine d'ennuis nombreux ou de déceptions sérieuses.

Il serait peut-être intéressant, avant

d'aller plus loin, de se demander comment les phosphates sont là, depuis quand ils y sont et pourquoi à cet endroit.

Ce sont des questions bien complexes et bien délicates que je me pose ; aussi je récuse d'abord ma compétence comme géologue et je laisse à des voix plus autorisées le soin d'éclaircir totalement ces points scientifiques :

Notre savant compatriote, M. de Mercey, prépare un travail complet à cet égard pour la Société de géologie ; nous serons heureux de vous le communiquer en temps utile ; ses études si remarquables et si consciencieuses sur la faune fossile de notre département nous font une gloire de le posséder chez nous.

Aujourd'hui, du moins, je vous donnerai connaissance d'une note de M. Stanislas Meunier, l'éminent naturaliste du Muséum, lue dernièrement à l'Académie des sciences.

Je vous demanderai tout à l'heure de

vous en citer quelques passages pour ceux qui ne l'auraient pas encore parcourue.

Cette note résume la pensée scientifique du moment : j'ai été heureux d'y rencontrer une théorie qui corroborait ma manière de voir.

C'est donc comme simple explorateur que je me permets de vous entretenir aujourd'hui ; Quelques idées générales avec appréciations toutes réservées.

Au moment où la terre était un globe de matières en complète ébullition, l'écume de la surface était naturellement formée des corps les plus légers et, à part quelques exceptions, c'étaient beaucoup de silice, la substance du grès et du caillou de nos chemins, de l'alumine, de la chaux, de la magnésie, du fer, un peu de diverses substances, entre autres d'acide phosphorique, et quelques combinaisons salines.

La surface du bain s'est prise en masse

au moment où les conditions de refroidissement sont devenues, suffisantes.

La première croûte solide servant d'assise est donc formée en majeure partie de
silex et d'alumine, offrant un aspect cristallin tout naturel, puisqu'elle s'est solidi-
fiée au milieu d'un liquide ; on dit du gneiss
ou du micaschiste, le tout surmonté d'é-
cume plus ou moins agglutinée.

Le nom de terrain primitif est encore
resté à ce premier terme de consolidation.

Voilà la terre solide : croûte épaisse et
puissante, qui va servir à l'édifice des terrains et même, selon toutes probabilités, en
être la source.

Les eaux jusque-là en vapeurs dans l'atmosphère vont pouvoir se déverser sur cette
surface hérissée en tous points, y couler en
torrents, enlevant par-ci, emportant par-
là, creusant, dégradant et créant à l'aide

de ces bouleversements divers une série de
dépôts au-dessus de la première croûte.

L'ensemble de ces dépôts, produits de la
force ou de la dynamique externe ajoutée
ou à quelques réactions chimiques, ou à
des sélections faites par l'organisme vital
qui apparaît et s'accroît dès lors d'une manière régulière, l'ensemble de ces dépôts,
dis-je, forme les quatre grands groupes de
sédiments admis, par ordre d'assises, le
terrain primaire ou paléozoïque appliqué
sur la première roche, le terrain secondaire ou mésozoïque, le terrain tertiaire ou
néozoïque et le terrain quaternaire sur lequel nous vivons.

Les noms scientifiques ajoutés indiquent
que des êtres vivants plantes et animaux
ont existé au moment de ces grandes ères
des temps géologiques.

Dans ces assises toutes formées par des

dépôts successifs soit dépôts lents en surface horizontale, soit dépôts entraînés sur
des pentes plus ou moins rapides, nous ne
retrouverons dans la grande masse que ces
substances indiquées plus haut : silice,
alumine, chaux, magnésie, fer, mais en
plus des résidus organiques plus ou moins
bien conservés, puisque la faune et la flore
terrestres se sont fondées aussitôt que les
conditions d'existence ont été remplies.

Nous trouverions les terrains étagés
comme nous l'indiquons, s'il n'y avait pas
eu à bien des époques des soulèvements
internes ou des abaissements successifs qui
les ont modifiés dans leur superposition
tellement qu'on connaît des spécimens de
presque toutes les couches qui sont venues
affleurer le sol actuel.

Le terrain primaire est une succession de
grès, de calcaires divers, de schistes, mais

son produit le plus sérieux ce sont les divers charbons, les lignites, les houilles, les anthracites.

Vous voyez que les houilles remontent bien loin, au moment où l'acide carbonique répandu dans l'atmosphère en grande quantité, a permis, sous l'influence des rayons actifs du soleil, une exubérance de végétation telle, que de nos jours encore et pour longtemps, on nous le promet, nous profitons de ces forêts immenses englouties et fossilisées. En purifiant l'atmosphère elles ont préparé notre globe à devenir habitable pour les animaux à respiration aérienne, tandis que dans cette première période à côté de la riche et luxuriante végétation, on ne voit comme animaux que des crustacés, que des poissons à cartilages et l'apparition de reptiles amphibies.

Nous arrivons au terrain secondaire ou mésozoïque.

Nous ne sommes déjà pas loin de notre but, puisque c'est dans les étages de cette couche si puissante dans notre région que nous allons trouver les calcaires au milieu desquels, au centre desquels ces remarquables accumulations de phosphate de chaux se sont opérées ; comme le charbon, il y a longtemps que le phosphate est là.

Le groupe secondaire comprend toutes les formations sédimentaires qui se sont déposées depuis la purification définitive de l'atmosphère dont la houille a été la conséquence jusqu'au réveil de l'activité du feu qui couvait toujours au centre de la masse terrestre, réveil qui marquera la période tertiaire.

Durant cette ère de calme, par rapport aux soulèvements internes, les étages seront formés encore de grès, d'argiles plus ou moins ferrugineuses, de marnes plus ou moins magnésiennes ou argileuses dont les dépôts de succession forment trois grands systèmes : le trias, le jurassique, et le système crétacé, c'est-à-dire les assises de craie de différentes natures.

Les reptiles vont régner en maîtres ; c'est aussi le règne des ammonites ; des poissons osseux vont apparaître de la classe des sélaciens, des squales.

Notre phosphate de chaux se prépare ; il ne restera plus bientôt qu'à l'emmagasiner dans ces poches de conserve d'où on va l'extraire aujourd'hui.

Les plantes bien moins abondantes s'enrichissent peu à peu de genres plus délicats qui les amènent graduellement jusqu'aux espèces de notre climat actuel ; la cause en est qu'il n'y a pas encore de saison et qu'il fait aussi chaud aux pôles qu'aux tropiques.

Les océans sont encore vastes mais relativement paisibles : Grâce à ces conditions, le développement des formations calcaires va se faire avec activité.

Notre pays est encore sous l'eau ; il n'a pas subi l'exhaussement, l'émersion qui doit le mettre à son niveau de maintenant.

Pendant les premières périodes de ces couches de terrain secondaire, les grès bigarrés, les sables, les argiles, les marnes magnésiennes ou dolomitiques, les marnes à gypses, les calcaires divers enfin, nous mènent à travers le trias, le lias, l'oolithique jusqu'à l'assise crétacée caractérisée par l'apparition de cette pierre ou roche blanche, tendre, traçante qui a mérité de donner son nom à la série.

Cette série crétacée a eu deux phases qui paraissent bien tranchées : on en a fait la couche crétacée inférieure ou infracrétacée, et la supérieure ou couche crétacée proprement dite, celle ou la vraie craie blanche, le blanc d'Espagne, le blanc de Meudon vont se trouver.

La couche inférieure possède des sables blancs ou verts, des argiles sableuses, des calcaires, des marnes.

Mais avant qu'apparaisse la couche de craie supérieure il y a un trait caractéristique, c'est qu'entre les deux couches il y a une abondance exceptionnelle dans toute l'Europe septentrionale de gisements de phosphate de chaux en nodules concrétionnés comme ceux exploités dans le Pas-de-Calais : on a pu observer cet intervalle à nodules dans la tranchée de Saint-Maurice, mais ici elle est faible (10 centimètres) et pauvre.

Ce phosphate concrétionné est plus ancien que celui dont nous parlons qui se trouve dans l'étage du dessus.

Quant à la couche crétacée supérieure elle comprend trois craies de couleur différente, glauconieuse ou verte, marneuse ou grise et craie blanche.

La dernière seulement est traçante, c'est celle qui doit nous occuper.

La craie blanche forme une masse homogène assez difficile à subdiviser. C'est grâce aux travaux de M. Hébert et de M. de Mercey que les assises ont été parfaitement séparées à l'aide de la connaissance précise des espèces fossiles déterminées dans chaque lit de craie.

La plus ancienne en date est caractérisée par la présence d'un oursin, d'un micraster appelé le *micraster cortestudinarium*.

Immédiatement au-dessus s'étage une couche de craie avec un autre *micraster*, *le micraster coranguinum*.

Puis enfin la craie à belemnitelles, espèces

de mollusques céphalopodes, un sous-étage avec la *belemnitella quadrata* et le sous-étage supérieur avec la *belemnitella mucronata*.

Depuis longtemps déjà, M. de Mercey avait signalé près de Breteuil dans l'Oise, à Beauval dans la Somme et près de Hallencourt (Somme) de la craie grise fossilisée contenant la *belemnitella quadrata*.

Les bulletins de la Société Linnéenne contiennent à cet égard des documents curieux à consulter, à la production desquels plusieurs de nos collègues et amis ont collaboré et entre autres M. René Vion, qui a résumé pour la Société de géologie tout ce qui avait trait au département de la Somme.

C'est la présence de ces bélemnitelles indiquées également en Belgique dans les bancs de Ciply et de Maëstricht qui avait

conduit à prévoir et à indiquer l'existence
de phosphate de chaux à Beauval, par analogie avec les terrains à peu près sembla-
bles exploités déjà en Belgique.

Le terrain crétacé est terminé par des
assises plus ou moins continues qui portent
le nom de calcaires à baculites et de calcaire pisolithique.

Il paraît prouvé que pendant la période
de formation et de sédimentation de la
craie, l'altitude du sol de notre contrée a
subi bien des variations.

D'abord sortie des Eaux, puis submersion
nouvelle, enfin dernière émersion qui est
devenue définitive.

Lors de ces bouleversements, la faune a
passé par des modifications profondes et
les poissons marins ont abondé à certaines
phases de notre époque.

On n'y voit pas encore apparition de

mammifères, seulement des reptiles, des dinosauriens, des crocodiliens, mais surtout des poissons osseux ou chondroptérygiens dont nous retrouvons et vous représentons quelques dents, étaient les habitants prédominants de ces plaines ou côtes plus ou moins ouvertes à la mer ou leurs ossements, en quantité considérable, étaient refoulés vers le haut des digues. Deux courants principaux ont battu en ce moment les deux versants de la colline que nous décrivions en commençant lors de l'esquisse topographique du chemin d'Amiens à Beauval, l'un formant un immense lit de la Somme, l'autre un lit très large aussi du côté de l'Authie.

Nous n'oublierons pas qu'il paraît jusqu'ici que c'est du côté de l'Authie et presque constamment à la même altitude (115 à 135 mètres), que ces eaux sont venues, sous forme de vagues venant du nord-est, amener ces détritus organiques qu'elles ont enfouis et emmagasinés dans des puits ou poches, dont le travail de creusement s'opérait déjà et qu'elles y ont déposé un mélange de limon, de craie, de poissons en décomposition qui, pendant les grandes époques tertiaires et quaternaires, s'y est fossilisé, c'est-à-dire dissocié, calcifié et pulvérisé.

Je ne veux pas dire qu'il ne s'en est pas formé sur l'autre versant, mais les conditions étaient évidemment moins favorables.

Assurément après des phénomènes particuliers ont présidé à l'épuration et à la purification de ces poches, probablement plus allongées en hauteur originairement; sous cette influence elles se sont tassées offrant aux parties supérieures une surface beaucoup plus bom-

bée. En effet, elles ont l'aspect d'une mon-
golfière, ou dit-on, d'une carafe renversée,
ou d'une poire suivant que la base en est
plus ou moins rétrécie.

Nous ne sommes pas sûrs des moyens que
la nature a employés pour la séparation du
carbonate de chaux enseveli selon toute
probabilité en même temps que le phosphate, ni de rendre un compte exact du
mode originel de formation des poches.

Si je me permettais d'émettre une opinion empruntée aux hypothèses géogéni-
ques générales, j'abonderais dans le sens
d'une eau fortement chargée d'acide carbonique, opérant la dissolution lente mais
progressive, mais ne continuant qu'une
œuvre déjà commencée, celle du creusement du puits ou de la poche.

Si je m'explique bien, ma pensée est la
suivante, après observation assez attentive

de la coupe verticale des terrains en exploitation.

M. Stanislas Meunier, comme vous le verrez tout à l'heure, fait aussi allusion à la même idée.

Des coulées irrégulièrement distancées d'eau tenant en dissolution de l'acide carbonique, ont pendant longtemps créé des rigoles plus ou moins profondes, des puits toujours renouvelés, entretenus et surtout agrandis.

Un assez grand nombre de ces puits étaient prêts lorsque ces débris organiques de poissons s'y sont engouffrés, les ont remplis et se sont parfois lors de l'excès épandus sur le terrain voisin en contre-bas.

Ces ruisseaux d'acide carbonique se sont élargis, ont immergé le terrain en entier dont la craie dissoute a disparu par entraînement.

Mais déjà pendant ces ravinements, ces remaniements, commencent les alluvionne-ments de sable et d'argiles diverses, plastiques ou autres, et les vides créés dans le terrain crétacé, sont peu à peu remplis.

Les os de poissons fossilisés se dissolvent peu, mais se tassent progressivement, heureusement soutenus par la terre argileuse qui garnit en même temps l'intervalle des poches et acquièrent enfin un équilibre stable qui, à part peu de modifications, représente l'état et la forme actuels.

La base des poches qni, à mon avis, correspond au diamètre antérieur du puits est peu modifiée, parce que les eaux qui y arrivent sont saturées de sels de chaux et n'en dissolvent presque plus.

Le phosphate de chaux se dissout aussi dans l'acide carbonique, mais en proportion cent, mille fois moindre que la craie.

2.

Une preuve cependant, c'est que la marne qui est le plancher de la poche, en est imprégnée et que la richesse va décroissante avec la profondeur : de 30 0/0 d'abord, elle s'abaisse ensuite à 7 et 5 0/0 de phosphate.

A part quelques alluvions récentes, lorsque le soulèvement crétacé est arrivé à son terme, il ne doit plus se déposer que bien peu de matériaux à ces altitudes relativement élevées pour la région et protégées par des bassins d'écoulement voisins.

C'est plutôt l'explication d'un chimiste, que l'explication d'un géologue et je suis tout prêt à rétracter les erreurs que m'aurait fait commettre mon inexpérience.

Mettons maintenant la main dans le phosphate de Beauval ; prenons une poignée de cette poudre d'or, comme on l'a nommée à juste titre dans le pays, tant pour sa couleur que pour sa valeur.

C'est une poudre d'un jaune pâle assombri ; on sent qu'une matière grisâtre y est mêlée : elle offre un toucher peu rugueux, assez doux. Le doigt s'y moule, même quand il y a peu d'humidité.

Sa couleur est assez peu variable , le ton en est uniforme : la nuance seule va du blanc jaunâtre cendré au jaune pâle légèrement rougeâtre.

En général plus on descend, plus elle est blanche. Au microscope les grains sont arrondis ou fusiformes, parfois géminés ; sans contredit ils présentent l'aspect extérieur d'une substance qui a été en présence d'un liquide dissolvant qui n'a qu'altéré, corrodé la surface et même s'est déposé sur les parties voisines.

Nous avons dit : c'est une poudre, c'est bien une poudre naturelle ; pas de mottes, pas de portions agglomérées. Quand la

sonde y arrive, elle s'y enfonce sans éprou-
ver la moindre résistance.

Par exception quelques rares silex, al-
longés, roulés, couverts d'une patine verte,
des fragments de bélemnitelles excessivement friables, quelques portions conser-
vées, plusieurs vertèbres de reptiles probablement, des parties de cidaris, des ostrea,
et une quantité assez appréciable de dents
de poissons qui paraissent appartenir aux
genres otodus, hybodus et peut-être car-
charodon.

Tous ceux qui ont vu le gîte de Beauval
sont unanimes à reconnaître les conditions
favorables dans lesquelles le phosphate se
présente commode à l'exploitation, plus
assimilable à la plante à cause de sa finesse
et de sa ténuité naturelles.

Dans un travail présenté récemment à
l'Académie des sciences, M. Stanislas Meu-

nier, l'éminent naturaliste du Muséum a re-
tracé ses impressions et exprimé son opinion à l'égard de nos phosphates après leur
avoir fait sa visite.

La haute compétence de ce savant donne
à ce document une valeur très grande pour
nous.

Aussi vais-je vous demander pour ceux
d'entre vous qui ne l'auraient pas parcouru,
de me laisser vous en citer des extraits ; ce
sera presque la note en entier, car chaque
partie a son intérêt.

Par rapport à la disposition du phosphate
dans le sol, M. Stanislas Meunier résume
ainsi qu'il suit son observation :

« En étudiant l'amas de phosphate de
chaux tout récemment découvert à Beauval
près Doullens (Somme), j'ai été frappé de
son analogie avec le gisement de Mesvin et
de Ciply, en Belgique, (que j'ai eu la bonne

fortune de visiter, il y a peu d'années, sous la conduite de M. Cornet lui-même).

« En Picardie, comme dans les environs de Mons, bien que la surface du sol soit sensiblement horizontale, la craie, recouverte par des dépôts plus récents, est ravinée profondément et c'est dans des *poches* irrégulièrement distribuées, que le phosphate sableux et jaunâtre (1), est accumulé. Les poches sont de dimensions diverses, depuis quelques décimètres jusqu'à plusieurs mètres ; leurs formes varient aussi. Dans l'exploitation actuellement la plus avancée, on en a trouvé deux, en cônes renversés, de trois mètres à quatre mètres de diamètre, séparées seulement par vingt ou vingt-cinq centimètres de craie.

« Leur paroi interne est polie comme

---

(1) A Orville, mais exempt de silice et d'alumine à Beauval.

celle des marmites et de beaucoup de puits naturels, témoignant ainsi d'une dissolution lente de la roche calcaire par un liquide corrosif, qui ne pouvait être d'ailleurs que de l'eau chargée d'acide carbonique.

« Les matériaux qui remplissent les cavités de la craie, y sont strictement ordonnés ; sur la roche secondaire est disposé un revêtement parfois fort épais de phosphate de chaux ; à l'intérieur de la gaîne phosphatée dont la surface supérieure, quoique moins accidentée, est déprimée en cuvette comme celle de la craie, se trouve de l'argile. Celle-ci, colorée par le fer, renferme parfois, à son contact avec le sable de phosphorite, une quantité de phosphate pouvant aller, m'a-t-on dit, jusqu'à 30 0/0.

« On y voit aussi des mouches d'*acerdèse* (oxyde hydraté de manganèse) qui font ressortir très nettement la forme de la

surface de jonction. Cette argile, qui rap-
pelle la lithomarge et qu'on ne distingue-
rait pas du remplissage des portions étroi-
tes de tous les puits naturels, constitue à
son tour comme une cuvette, moins con-
cave que les précédentes, emboîtée dans le
phosphate, comme celui-ci est emboîté
dans la craie. Par-dessus se montre la vraie
argile à silex ou *bief* de Picardie, qui a ni-
velé à peu près les irrégularités des masses
sous-jacentes et qui supporte les limons su-
perficiels et la terre végétale. »

Quant à la formation des poches elle est
expliquée dans le passage suivant :

« Il est parfaitement certain, en effet,
que le phosphate s'est accumulé dans les
puits de la craie, au fur et à mesure du
creusement de ceux-ci, sous l'influence des
agents de corrosion. Cette origine, par voie
de dénudation sub-aérienne, est identique à

celle qu'il faut attribuer aussi à l'argile à silex,
et ne suppose aucune réaction différente de
celles dont nous sommes témoins tous les
jours. A cet égard, il semble bien établi
que les masses crayeuses non phosphatées
et riches en silex, d'où dérive le *bief*,
étaient à Beauval, originairement superpo-
sées aux couches crayeuses phosphatées ».

« La dénudation, par infiltration désoxy-
dante d'eau carboniquée, s'est d'abord
exercée à leurs dépens ; puis les couches
phosphatées ont été attaquées à leur tour,
et le phosphate, comme précédemment
l'argile à silex, est resté en résidu après la
dissolution du calcaire. Et c'est comme
conséquence nécessaire de cette corrosion
successive que se comprend le glissement du
cylindre argileux dans l'axe des puits, comme
celui des lits de cailloux dans les puits naturels remplis ailleurs de diluvium. »

3

Restait la genèse du phosphate de chaux, c'est-à-dire les éléments dont il dérive ; notre savant géologue admet et cite l'opinion de M. Cornet, bien connu pour ses travaux de géologie en Belgique :

« Reste à savoir comment le phosphate a été amené dans la craie. Dans une publication récente, M. Cornet pense (1) que le phosphate renfermé dans la craie brune de Ciply est d'origine organique, « comme le prouve, ajoute-t-il, la forte proportion de matière organique azotée qu'il renferme ». Et l'éminent géologue cite, à l'appui de cette opinion, le fait actuel de l'accumulation périodique sur la côte méridionale de l'Arabie, de masses considérables de poissons morts dont la substance organique azotée s'incorpore dans les limons. J'ajou-

(1) *Quarterly, Journal of the geological Society of London*. Aug. 1886.

terai que l'examen microscopique des grains phosphatés montre qu'ils ont certainement passé par l'état de dissolution dans la masse même de la roche ; à Mesvin, en effet, et beaucoup plus encore à Beauval, ces grains reproduisent fréquemment les formes caractéristiques des produits concrétionnés, silex et autres ; ce sont souvent des globules presque parfaits à surface lisse, parfois géminés ou accouplés deux à deux, parfois pourvus d'une petite queue comme des larmes ; et l'on pourrait tout d'abord être tenté d'y voir des tests de foraminifères. D'ailleurs le phosphate de Beauval diffère de celui de Mons par l'absence presque complète de fragments de coquilles, très nombreux au contraire dans ce dernier. »

M. Stanislas Meunier n'oublie pas de discuter l'âge de nos phosphates, c'est-à-dire sous quel règne d'étage crétacé ils ont pu se déposer :

« Je n'ai pu pousser très loin l'étude stratigraphique, mais il semble évident que la craie phosphatée de Picardie fût plus ancienne que l a craie phosphatée de Belgique. Celle-ci, d'après M. Cornet, appartenant au terrain maëstrichien, est plus récente que celle de Spiennes, reposant elle-même sur la craie de Nouvelle, qu'il synchronise avec les couches de Meudon. Or, à Beauval abonde *Belemnitella quadrata* ; c'est-à-dire un fossile antérieur à *B. mucronata*, et qui ne se montre qu'au niveau de Beynes. Du reste, tandis que la craie de Ciply est toute pétrie de fossiles, celle de Beauval n'en montre jusqu'ici qu'un nombre très restreint. »

Enfin il termine par une estimation de l'étendue probable du gîte phosphaté :

« Le gisement des phosphates de la Somme paraît jusqu'ici peu étendu en surface. C'est à Beauval où la substance précieuse est parfois à cinquante centimètres du sol que la première trouvaille a été faite ; Terramesnil, Beauquesne, Orville, le Quesnoy près Arquèves, Woinel près Oisemont et Candas en possèdent aussi. Ces localités sont réparties sur une zone allongée de l'est à l'ouest, sur une dizaine de kilomètres, et mesurant trois à quatre kilomètres du nord au sud. Il est possible que de nouvelles découvertes viennent étendre la surface exploitable. »

Voilà le résumé de tout ce que nous savons actuellement sur les phosphates de Beauval au point de vue de leur origine et de leur position dans le sol.

Comment cette connaissance, qui était jusque-là restée scientifique, a-t-elle pris un corps et est-elle entrée dans le domaine pratique !

Car il n'est révoqué en doute par personne, les communications en font foi, le phosphate avait été indiqué à Beauval il y a bien des années. C'est M. Buteux qui le premier en avait indiqué l'existence vers 1843. M. de Mercey sur ses cartes l'a, je pense, porté.

Cependant les cartes géologiques ne relataient encore que sables pour mortiers : une extraction de peu d'importance s'en faisait comme sable pour parer la brique dans les carrières ou tranchées ouvertes, je crois, depuis l'établissement de la route actuelle qui longe les exploitations d'aujourd'hui, vers 1843.

Je me suis du reste rencontré à Beauval avec mon collègue et ami M. Hordequin, de Doullens, et grâce à son amabilité et à

celle de son frère M. Hordequin, fabricant
de toiles à Beauval, grâce à leur connaissance des lieux; il nous a été donné dans
le peu de temps que nous avions à consa-
crer, de voir tous les points intéressants et
de récolter des données précises et sérieuses sur l'état de la question.

Bien des légendes ont couru dans le
pays; les unes tiennent du merveilleux ;
d'autres ont au moins le cachet de la
véracité.

Vers le commencement de juin 1886, il y
a six mois environ, un géologue passant
dans Beauval, a proposé l'achat de cinq
mille mètres cubes du sable que l'on ex-
ploitait journellement.

Cette commande prodigieuse, sans but
bien nettement indiqué, a été refusée et
notre mystérieux acheteur adressé à M.
Hordequin, de Doullens, qui avait une

carrière ouverte, riche et capable de con-
tenter notre homme.

M. Hordequin va sur les lieux et frappé
lui-même d'une demande comme celle-là,
réclame du temps pour réfléchir, prélève
échantillon pour s'assurer de ce qu'il y a
d'extraordinaire dans son sable.

Il reconnaît du phosphate de chaux en
proportion très sérieuse et naturellement
refuse de traiter au prix indiqué.

Il faut rendre hommage à ceux qui le mé-
ritent. M. Hordeqnin était, il faut le reconnaître, en possession du secret, et il devait
en comprendre l'importance plus que tout
autre, puisque son propre terrain, qui est
l'un des plus riches de Beauval, lui per-
mettait de juger de ce que valait la connaissance d'un tel fait.

Il s'est conduit en homme digne de l'es-
time et de la reconnaissance de tous.

Sans tarder, le lundi de la Pentecôte, il se rendait à Beauval lui-même et annonçait la bonne nouvelle aux habitants émerveillés et osant à peine croire à un si grand bonheur et à une si prodigieuse réalité.

J'ai cru de mon devoir pour un excellent camarade, de porter ce fait à la connaissance de tous.

Le phosphate est découvert; tout le monde en est averti et chacun peut s'assurer par lui-même de ce que contient son champ.

Vous vous imaginez quelle joie: le boulanger fait niche à son pétrin, le charcutier oublie ses jambons ; qui fore, qui ouvre un puits et bientôt les richesses inconnues, enfouies dans ces cachettes mystérieuses sont mises au jour; on peut les voir, les palper, les estimer.

Les grands exploitateurs de Belgique, de

3.

Paris, de Lyon, arrivent sur place et commencent à traiter.

On sonde méthodiquement, on fait des tranchées et le phosphate de chaux lancé sur le marché va détrôner tous ses similaires.

A notre passage à Beauval, trois usines sont en marche : celles de MM. Bernard et compagnie, Desailly et compagnie et Fouchard et Lambert.

L'épaisseur et la richesse du gisement sont loin d'être partout les mêmes.

Si, par exception, partant du niveau du sol les profondeurs atteignent parfois 7, 8, 12 et 14 mètres 50, dit-on ; le plus ordinairement, il faut remuer et découvrir de 3 mètres 50 à 5 mètres de terre argileuse, pour arriver à une veine d'exploitation de 2 mètres 50 à 3 mètres de phosphate.

C'est à peu près, autant que nous avons

pu l'entrevoir, par les renseignements pui-
sés par-ci par-là, l'épaisseur moyenne du
premier gisement. Elle descend cependant
à moins de deux mètres ; au-dessous de un
mètre même ; la moyenne totale rapportée
aux surfaces ne dépassera peut-être pas la
hauteur de un bon mètre de phosphate
exploitable sur Beauval.

La couche très épaisse au niveau de la
vieille église va en s'amincissant vers le
nord-est et l'est avec des sauts parfois un
peu brusques.

Jusqu'ici c'est toujours sur le versant des
collines regardant l'est et le nord-est-est,
que les sondages ont été positifs. Le versant
regardant l'ouest est considéré comme im-
productif ; pour ma part, je ne le crois pas.

Aux divers endroits où nous nous sommes arrêtés, nous avons prélevé des échantillons d'argile, de phosphate, de calcaire,

soit dans le gisement même, soit dans le wagonnet remontant à l'usine, soit au séchage et au tamisage.

D'un si petit nombre d'essais (une dizaine) on ne peut tirer de conclusions certaines, cependant les points qui semblent être établis sont les suivants.

Dans la même poche la richesse se maintient à peu près égale à 3 ou 5 0/0 près.

Il n'y a pas de bandes de richesse similaire ; la répartition est inégale tant au point de vue de l'épaisseur que de la teneur en acide phosphorique. Deux poches voisines peuvent être assez variables.

Le résultat des analyses accuse une proportion de 25 à 35 0/0 d'acide phosphorique correspondant à 55 à 75 0/0 de phosphate de chaux : quelques échantillons vont jusqu'à 80 0/0 et plus.

L'humidité variable va de 10 à 25 0/0 suivant la profondeur.

La matière organique toujours azotée s'établit entre 3 et 5,50 0/0.

L'incinération faite après avoir enlevé le phosphate et les sels solubles à l'acide fournit un résidu fixe plus ou moins rougeâtre à cause du fer, légèrement siliceux presque régulièrement de 5 à 6 0/0.

Une bizarrerie décelée par l'essai qui m'avait été signalée et que j'ai confirmée, c'est la présence de fluorure de calcium en quantité notable, de 3,10 à 3,40 0/0.

La transformation du phosphate de Beauval en superphosphate exigerait donc quelques précautions hygiéniques pour les ouvriers.

Le tableau suivant résume un essai moyen :

Humidité	7
Matière organique azotée.	4
Sels solubles à l'acide azotique . .	83
Combinaisons minérales insolubles	6
	‾‾‾
	100

Les sels solubles se décomposent ainsi :

   Phosphate   70

   Carbonate et autres 13

Pour que ce petit travail remplisse bien son but, il reste encore un point à élucider.

Le phosphate a-t-il une utilité incontestable en agriculture, est-ce une affaire de mode ou bien de nécessité absolue ?

On en réclame en ce moment, en sera-t-il de même demain ?

J'ai déjà trop allongé et aussi trop abusé de votre complaisance pour ne pas être bref à cet égard.

Il est actuellement reconnu en principe que tout être vivant, à quelque degré de l'échelle de la vie il appartienne, a besoin pour son développement régulier d'acide phosphorique, en proportion minime, il est vrai, mais indispensable au jeu de son organisme.

C'est une vérité fondamentale en physiologie aussi bien animale que végétale, qui repose sur des faits et des observations incontestables.

Le pain, la viande, les boissons qui composent notre alimentation nous fournissent l'acide phosphorique : pour les plantes le fumier utilisé de temps immémorial, en contient suffisamment pour les besoins de la culture.

Tant que les conditions de l'énergie vitale seront les mêmes, aussi longtemps il faudra du phosphate.

Et les sources en sont relativement res-
treintes, puisque jusqu'ici la majeure partie
de celui utilisé provient d'un être qui a
vécu.

Voilà la cause de la valeur réelle des
dépôts qui nous occupent.

Si les phosphates de Beauval sont restés
si longtemps ignorés, c'est que la science
agricole est une science nouvelle, et que
l'on ne connaissait pas encore les éléments
de réparation du sol.

Maintenant les amendements, les engrais
artificiels suppléent à la pauvreté de certaines terres ; leur emploi judicieux vient
offrir aux cultivateurs des rendements su-
périeurs et des richesses inespérées.

Un chimiste compétent dans la matière,
M. Joulie, est très explicatif à l'égard de la
valeur agricole de notre phosphate ; leur
état d'agrégation est tel, dit-il, qu'il est

plus assimilable que tous ceux trouvés jusqu'ici.

Je ne puis mieux terminer cette lecture
que par un exposé sommaire et encore bien
incomplet de la surface probable du gisement phosphaté de Beauval, du moins celle
que jusqu'ici les sondages méthodiques ont
révélée, puis enfin citer les diverses communes de la région où la découverte paraît
en être faite, bien que les renseignements
pour quelques-unes ne soient pas positifs.

Cinq gisements principaux sont en ce moment connus ou découverts.

Le 1er gisement seul exploité comprend
l'*ancien bois de Beauval ;* il est situé sur le
côté est de la route. A lui seul, avec ses *six
hectares* de superficie, il renferme dans son
sein presque la moitié des phosphates de
Beauval prévus.

Le 2e gisement, au sud du premier, est la *plaine de Milly* presque en entier ; quoique déjà moins riche, vu ses dix-huit hectares de surface, il promet cependant une exploitation de premier ordre.

Le 3e gisement, plus au sud encore, séparé par la vallée de Milly de la troisième branche du trèfle que nous montre le plan de Beauval, est la portion du terroir appelée l'*Ecrivain :* richesse très variable et surtout inégale ; son étendue permet de croire qu'il y aura encore bien des heureux.

Le 4e gisement, toujours en allant vers le sud et en longeant la route nationale, est situé sur l'endroit appelé le *Pain-de-Sucre*, qui révèlera peut-être bien des surprises.

Enfin le 5e gisement, de l'autre côté de la route, côté ouest, dans la direction de

Candas, un peu vers Gézaincourt, sur la plaine appelée la *Campagne* ; les sondages sont encore trop distancés pour qu'une évaluation soit faite.

Sur toutes ces zones de terrain on compte au moins 45 hectares, renfermant une richesse d'environ 400 mille tonnes, dont la valeur au cours actuel ne serait pas moins de vingt millions.

Ce chiffre en dit plus à lui tout seul que bien des explications ; c'est bien le cas de dire que les chiffres possèdent une éloquence particulière, bien plus saisissante que les phrases les mieux choisies et les plus harmonieuses.

On peut estimer, sans crainte d'erreur sérieuse, que le tiers des 20 millions restera dans le pays, soit sous forme d'achat de terrain, soit comme paie ou dépenses d'ouvriers, soit en matériel ou outillages, etc.

Dans ces conditions tout fait supposer que chacun en profitera.

Pour tirer parti d'un tel trésor et faciliter le travail fiévreux qui va s'emparer de ce pays, le besoin évident d'une ligne ferrée se fait sentir.

L'administrateur si universellement regretté de notre département, M. Léon Cohn, avait assuré aux populations le vif intérêt qu'il portait à cette œuvre naissante et avait promis que tous ses efforts seraient dirigés pour faire obtenir les *desiderata* exposés.

Son sympathique successeur, M. Lozé, n'oubliera pas Beauval dans sa sollicitude, nous en avons la persuasion la plus entière.

Un accord complet entre les phosphatiers encouragé et soutenu par M. le maire de Beauval, si dévoué à sa commune, faciliterait beaucoup la réussite de ce projet.

Sans compter la commune d'Orville,

presque jumelle de Beauval comme découverte, on a annoncé des gisements de phosphate de chaux à Terramesnil, à Candas,
à Puchevillers, sur Gézaincourt, sur Beauquesne ; nous ne pouvons citer tous les
noms mis en avant sans avoir de certitude.

Avant peu on saura à quoi s'en tenir et
si ce n'est pas un voyage au pays des mil-
liards que nous aurons à raconter, du moins
il nous sera toujours facile de peindre et de
retracer la joie et le bonheur qui auront été
éprouvés par nos compatriotes.

II.

La fortune continue à sourire aux habitants de Beauval.

De nouveaux sondages opérés sur le côté droit de la route, sur la rue de Candas, et dans tout le rayon qui entoure les premiers gisements, ont encore fait découvrir quelques réserves de cette fameuse poudre d'or.

Nous avons dit que le phosphate de chaux pulvérulent de Beauval s'est formé au sein d'une assise de craie bien caractérisée par ses fossiles du reste assez rares, surtout par une bélemnitelle (belemnitella quadrata), ainsi que nous l'a appris notre savant compatriote M. de Mercey ; c'est presque la couche supérieure, une craie belle, blanche et traçante.

Cette richesse est enfouie dans des espèces de poches ou excavations sous forme de
poires dressées avec partie bombée supérieure et partie amincie dans le bas.

Mais la craie est totalement disparue,
à peine de temps à autre quelques élancées
de calcaires se remarquent-elles au milieu
ou au voisinage des poches.

La craie enlevée par l'eau chargée d'a-
cide carbonique dont l'atmosphère d'alors
était très riche, a été, au fur et à mesure,
remplacée par une argile plus ou moins
rougeâtre qui entoure et maintient la poche
que je crois avoir été cylindrique et qui a
pris cette forme en s'affaissant.

La remarquable note de M. Stanislas
Meunier, citée dans notre première lecture,
nous a rétracé une idée du mode de formation du phosphate, naturellement sous
toutes réserves de théories soutenues par

des observations géologiques et des faits précis.

Nous avons dit que c'était des amas de poissons osseux qui s'étaient peu à peu décomposés et fossilisés, puis avaient été purifiés par l'acide carbonique dissous.

Il est vrai que la présence du fluorure de calcium en notable proportion (3 0/0), le voisinage de la silice à l'état de ciment ou d'agglomération permettent toutes les hypothèses possibles.

Car dans le sol on connaît des minerais qui renferment du phosphate de chaux uni au fluorure de calcium ainsi qu'au chlorure de la même base. On les appelle des apatites et elles peuvent être plus ou moins siliceuses; il est vrai que ces roches sont cristallisées et non pas amorphes. Mais qui sait si elles n'ont pas servi à la formation des phosphates qui nous occupent.

D'un autre côté, ces amas de silex roulés ou en masses qui annoncent la présence de la bienheureuse poudre, sont-ils là par un simple hasard et n'ont-ils pas été présents lors de la genèse du sable de phosphorite de Beauval.

Les eaux carboniquées étaient-elles aériennes ou souterraines ? Et même le phosphate ne serait-il pas le produit d'une émanation interne ?

Vous voyez qu'il y a un vaste champ pour les explications.

Nous attendons que les prince s de la science, que nos maîtres se prononcent; d'avance nous nous inclinons devant l'arrêt scientifique.

Malgré cela je ne pense pas que jusqu'ici on puisse regarder comme téméraire de notre part d'émettre la supposition que le phosphate amorphe qui remplit les

4

poches de Beauval soit de nature organique, c'est-à-dire ait appartenu à un être vivant.

La quantité de matière organiqne azotée concomittante semble en être le garant. Si les dents de poisson sont en minime proportion, si les fossiles abondant partout dans la craie font là défaut, ne peut-on pas en accuser le temps d'abord (des milliers de siècles) et de plus des conditions de destruction, et de désorganisation dont l'activité peut être difficilement estimée. Les mieux protégés ou les plus denses ont résisté.

Quittons aujourd'hui, si vous le voulez bien, ce terrain hypothétique et entrons dans le domaine de la réalité.

Le phosphate est là et il nous faut en tirer parti, l'utiliser au mieux des intérêts de tous.

L'agriculture le réclame à grands cris pour se procurer des récoltes résistantes et de bon rendement.

Ce produit de nos carrières de Beauval va s'épandre à profusion sur nos champs et concourir à nous donner à tous abondance et profit.

Dernièrement je vous disais : on ne peut pas vivre sans acide phosphorique ; rien ne peut pousser, rien ne peut produire sans qu'il soit présent, réveillant et entretenant l'énergie vitale. Il répond à un besoin réel, à une nécessité. C'est bien l'aliment de la terre par exellence.

Dans ses remarquables conférences, et de sa voix autorisée, notre professeur départemental d'agriculture, M. Raquet, nous a répété combien le phosphate de chaux était utile au blé et à bien d'autres productions agricoles.

Le titre inespéré auquel arrive celui de Beauval le fait rechercher, comme nous l'avions supposé, et toutes les demandes spécifient actuellement phosphates de la Somme.

Nous ne nous étions pas beaucoup trompés dans notre estimation sur le cube à exploiter.

Selon toutes les prévisions il sera d'environ 500 mille tonnes équivalant à une valeur d'une trentaine de millions.

L'augmentation n'a donc pas été bien sensible depuis les derniers sondages; le gîte phosphatifère est à peu près complet et connu. C'est assurément un des plus riches qui aient jamais été mis au jour.

Orville seule, la rivale de Beauval, possède un gîte qui représentera aussi une valeur considérable.

Pour prendre aujourd'hui une voie facile

à suivre, je vous propose d'effectuer ensemble un sondage de recherche à un bon
endroit, de voir préparer notre terrain pour
l'extraction, d'assister à l'enlevage de notre
phosphate, de le conduire à l'usine et de
lui faire subir les opérations ou plutôt le
traitement nécessité avant son ensachage,
son expédition et sa vente.

Ces quelques renseignements, dans tous
les détails desquels il ne nous sera probablement pas possible d'entrer, auront, sans
nul doute, éveillé la convoitise de beaucoup
d'entre nous. Il nous faudra donc satis-
faire leur légitime curiosité en leur faisant
entrevoir, pour éviter des déceptions par
trop sensibles, les moyens simples, com-
modes et à la portée de tous, de savoir
comment on reconnaît du phosphate sur un
échantillon prélevé dans un terrain en évi-
tant autant que possible les grosses erreurs.   4.

Cet aperçu préliminaire et succinct sera naturellement suivi de quelques essais un peu plus précis ; le tout sera complété par un dosage régulier et méthodique tel que le réclament les transactions entre vendeurs et acheteurs.

Bienheureux je serai si, grâce à ces quelques données, de nouvelles richesses venaient à surgir sur la surface de notre beau département, enrichissant encore plusieurs communes et répandant autour d'elles la joie et la prospérité.

La poudre de phosphate est très irrégulièrement distribuée sous le sol : aussi les sondages doivent-ils être opérés avec beaucoup de soin et de régularité.

L'autorisation souvent verbale nous est donnée de sonder dans ce champ.

Cinq hommes et le matériel le plus simple de sondeur sont à notre disposition.

Le gisement n'est pas loin et l'argile qui recouvre notre couche utilisable se laisse pénétrer assez facilement.

Rarement il est besoin de plus de dix à douze mètres de sonde, de deux à cinq mètres pour l'argile, d'environ autant pour le phosphate.

Sur leur petit plancher arrondi, nos hommes semblent isolés sur un observatoire; ils lancent perpendiculairement leur sonde dans le sol, traversent vite la couche arable. Dès les premiers instants, il y a de la résistance; l'argile est plastique et liante, bien tassée. Cependant à prix d'effort on descend graduellement en ramenant à chaque relevage de l'argile diversement colorée, tantôt noirâtre, tantôt jaune tirant sur le rouge, ou rougeâtre ou même rouge de sang. C'est la variation dans l'état du fer qui est cause de ces nuances diverses.

Un moment on commence à sentir des cailloux que jusque-là on n'avait pas rencontrés : c'est un indice que l'on approche du but.

Quelques décimètres plus bas, la silice, au lieu de se présenter en cailloux roulés et disséminés, forme un véritable ciment comme si de la silice gélatineuse avait été versée en une couche uniforme et qu'elle se fut prise en masse.

Il faut un coup énergique de la sonde pour traverser.

Mais on est récompensé : immédiatement après on entre dans le phosphate. Oh ! alors, l'instrument s'enfonce presque sans effort ; la substance est meuble, pulvérulente, sans corps durs étrangers et déclare sa profondeur en très peu d'instants.

Quand on sonde pour soi on doit prélever des échantillons assez rapprochés. De petits sacs avec moyen de fermeture commode sont marqués à la lettre du trou de sonde et portent les numéros de convention indiquant les hauteurs de prises d'essai. De 50 centimètres à 50 centimètres, par exemple.

Il est beau, il est blanc, il paraît riche ; mais le contentement doit rester intérieur, l'essai seul en dira la valeur.

Nous descendons toujours dans notre même sable en notant la distance du sol et l'épaisseur graduelle de la couche.

Enfin nous butons contre une partie dure et la sonde ramenée nous dit que c'est de la craie.

Actuellement on s'arrête là ; en dessous on pense qu'il n'y en a plus ; ce sont des assises de craie plus anciennes. Ce n'est pas à dire que la première craie qui forme le plancher de la poche ne contienne rien, elle est phosphatée de 15 à 30 0/0 ; mais elle diminue assez rapidement de richesse, et puis elle ne doit pas être mélangée au produit pulvérulent.

Plus tard il sera encore temps d'en tirer profit.

Nous venons d'apprendre qu'il y a là du phosphate, mais avant de faire pour ce champ des frais d'extraction il faut cribler la surface de trous de sonde afin de savoir si ce sera une grande ou une petite exploitation; nous devons avoir dans notre poche la courbe du dessous de notre terrain, afin de conduire utilement l'ouvrier tout à l'heure dans le travail du terrassement.

On doit sonder de 10 en 10 mètres dans tous les sens, d'are en are.

Une équipe peut forer 6 à 8 trous par jour et coûte environ une trentaine de francs de main-d'œuvre.

Les travaux préliminaires sont opérés ;
nous allons nous mettre à l'ouvrage et extraire le plus vite et le plus économique-
ment possible.

Suivant l'étendue, 10, 15 ou 20 ouvriers
terrassiers sont engagés pour faire le découvert, c'est-à-dire enlever l'argile qui
écrase le phosphate, mettre celui-ci à nu,
le dégager entièrement et bien voir, cette
fois, ce qui tout à l'heure n'était encore
qu'à l'état d'espoir.

La bonne organisation pour ce travail est
d'une grande importance; le maniement
trop de fois répété de ces masses de terre
inutiles, gênantes, viendrait frapper les
prix de revient d'une manière très sensible
et de plus gêner le travail ultérieur.

Aucune règle ne peut être indiquée à cet
égard. La position, les dimensions du terrain, les dégagements sont autant de fac-

teurs desquels il faut tenir compte. Il y faut
mûrement réfléchir avant de donner le
premier coup de pic.

Des pioches, des pelles, des brouettes et
les bras de l'ouvrier intelligent vont faire le
reste.

L'on détache la matière qui s'effrite et
s'enlève facilement à la pelle.

Pour remonter le fruit de ce labeur, les
exploitateurs usent de procédés différents :
la brouette et la planche de passage, ou
bien le panier remonté au treuil, ou encore
la terre phosphatée rejetée à la pelle sur
trois étages superposés en gradin.

Ainsi à hauteur du sol la précieuse poudre encore agglomérée par l'humidité
qu'elle retient est traînée à l'usine, soit par
voiture, soit par wagonnet sur rails Decau-
ville.

La position des pièces de terre presque

toutes isolées nécessitera bientôt partout le
petit chemin de fer posé à si bon compte,
qui se transporte et se déplace à volonté,
et qui souvent après coup est encore utilisable à d'autres entreprises.

D'autant plus que ces petites lignes qui
sillonneraient la campagne pourraient être
reliées à une ligne de transport à Doullens
ou aux gares voisines.

Il serait bien regrettable, pour éviter la
fatigue de la route déjà endommagée, et
principalement pour l'économie du transport, qu'un syndicat des phosphatiers ou
qu'un entrepreneur étranger à l'exploitation ne reçût pas l'autorisation de faire ce
petit raccordement à la gare de Doullens.

Que les concessionnaires du chemin de
fer à voie étroite d'Arras, de Doullens à
Albert créent cette ligne momentanément,
c'est dans leur droit, mais qu'ils n'empê-

5

chent pas d'autres personnes de l'effectuer s'ils ne sont pas encore prêts à enlever les 900 ou mille sacs de 100 kilos que Beauval extrait et prépare tous les jours, quantité qui bientôt sera peut-être doublée.

Le phosphate entré à l'usine est déversé sous des hangards où il pose à peine.

Car il est jeté immédiatement sur les plaques de dessiccation.

Les séchoirs sont constitués par une série de plaques de fonte d'une assez forte épaisseur pour supporter la charge de la terre et la marche des hommes.

Une série de conduits à air disposés sous cette surface de chauffe, reçoit les gaz tout chauds de la combustion opérée dans un foyer spécial.

Le tirage énergique d'une bonne cheminée oblige l'air à circuler sous les plaques auxquelles il abandonne sa chaleur.

D'abondantes vapeurs apparaissent, et le phosphate blanchit peu à peu au fur et à mesure que sa dessiccation activée par un retournement continuel devient plus parfaite.

Il perd ainsi depuis 15 jusqu'à 30 0/0 de son poids en humidité, suivant la proportion qu'il en possédait originairement.

Ainsi un mètre cube de phosphate mesuré encore en place dans le sol peut peser environ 1,250 kilos et ce mètre cube, après avoir été privé d'humidité, donne à peu de chose près sa tonne ou ses mille kilos de phosphate.

Aussitôt qu'il paraît sec on opère le tamisage à l'aide de blutoirs à mailles très fines, en tout analogues à ceux du farinier.

Le tout s'émiette et passe en poudre presqu'impalpable qu'une chaîne à godets remonte dans un réservoir qui sert à garnir l'entonnoir d'ensachage.

Le mélange déjà commencé sur le séchoir, continué à la bluterie est rendu assez parfait dans cette dernière manutention.

Sur le tamis, il y a un résidu de petites masses assez dures, riches encore en phosphate et que l'on appelle des pions.

Des meules pulvérisent cette matière qui, parvenue à son degré de finesse voulue, est rajoutée au produit déjà obtenu.

La mise en sac est faite avec rapidité et la bascule accuse le travail de chaque heure.

Avant la fermeture du sac qui sera marqué et plombé, on doit prélever les échantillons en double et en triple, une poignée sur chaque cinq sacs, mélanger le tout et enfermer en flacons bien secs. Ce mode est préférable aux petits sacs susceptibles de varier en quantité d'humidité et d'être alors cause de désaccords toujours ennuyeux.

Les piles de sacs sont accumulées et un charroi régulier en débarrasse l'usine.

Je viens, bien grossièrement, il est vrai, de vous faire assister à l'ensemble du travail d'exploitation; vous en voyez la simplicité, la part bien importante à laquelle est associée la main-d'œuvre.

Dans une usine bien agencée, une dizaine d'ouvriers me paraît nécessaire pour chaque centaine de sacs qu'elle doit produire par jour.

Tout doit être calculé pour arriver à un prix de 10 à 12 francs de la tonne, charroi compris (3 fr. dans le cas du transport de Beauval à Doullens) 6 kilomètres.

Les prix de vente du phosphate ainsi

préparé sont variables suivant la richesse ; ils sont basés sur un taux à l'unité de phosphate de chaux par tonne.

Sans être au courant des conditions de livraison, nous croyons ne pas être loin de la vérité en indiquant qu'un phosphate contenant 70 0/0 de phosphate de chaux réel est facturé à raison de 1 fr. l'unité, c'est-à-dire 70 fr. la tonne, rendu sur wagon ou sur bateau.

Pour des poudres moins riches l'unité pourra descendre à 75 ou 80 centimes ; pour les 80 de pureté, l'unité sera payée à raison de 1 fr. 10 à 1 fr. 20.

Cette variation si considérable dans les cours nous prouve qu'il faut être très prudent, qu'il y a phosphate et phosphate.

Le sondage, aussi minutieusement qu'il ait été fait, n'est qu'une approximation et le découvert seul vous indiquera d'une manière réelle ce sur quoi vous pouvez compter ; mais il est une donnée que l'on a en sa possession et qui ne doit pas être négligée, c'est la connaissance aussi exacte que possible de la teneur du gisement découvert en phosphate de chaux.

Ce n'est pas tant de mètres cubes, ce n'est pas tant d'épaisseurs qu'il faut annoncer. Si l'on ne connaît pas sa proportion en phosphate de chaux, on a manqué de prévoyance.

Et afin de se trouver dans des conditions toujours les mêmes, il ne faut l'analyser ou le faire analyser qu'après l'avoir desséché.

Malgré ces petites appréhensions et les ennuis inhérents à toute industrie, on est toujours heureux d'avoir du phosphate, puisque le terrain triple, quadruple et même décuple de valeur.

Je comprends donc facilement que chacun se mette à la recherche de ce sable si estimé et je voudrais pouvoir faciliter à chacun sa tâche.

Je vais vous mettre en mains les différentes observations qui m'ont été suggérées par la vue et le maniement des nombreux échantillons qui me sont passés et me passent journellement sous les yeux.

Vous vous rappelez les indications fournies dans notre première lecture ; il est bon qu'elles servent de point de départ :

1° L'endroit où on effectue une recherche doit être à plus de 100 mètres au-dessus du niveau de la mer, à une altitude d'environ 115 à 135 mètres ;

2° Le terrain en colline sera incliné regardant le Nord-Est ou l'Est ;

3° Au-dessous de la terre cultivée peu épaisse, il faut trouver de l'argile plus ou moins rougeâtre ; une argile plastique dont

on puisse faire entre les doigts une bou-
lette bien homogène, qui par la dessiccation
acquierre une grande dureté.

Ces conditions paraissent tenir à ce que
l'altitude des mers au moment de l'enfouis-
sement des phosphates était celle-là, ou
bien si vous le voulez, que le terrain qui
formait alors digue à la mer, pas beaucoup
plus haut que maintenant, se soit relevé
par un effort de la dynamique interne.

De plus parce que la mer venait de l'Est
et du Nord-Est, suivant les vents, battre nos
falaises de craie.

Enfin, parce que les sables et les grès de
l'argile plastique ainsi que le bief à silex
faisait alors son alluvionnement concomi-
tant ou suivant de près l'emplissage de la
fosse et sa purification par l'eau chargée
d'acide carbonique.

Bien loin de nous de croire que ces indi-

5.

cations sont absolues : des bouleversements ou des exceptions à causes inconnues peuvent avoir modifié ce qui paraît être la règle...

Si l'on se trouve donc ainsi placé, soit dans les carrières déjà ouvertes, soit dans le trou de sonde fait exprès on peut prélever échantillon, et l'examiner attentivement.

Faire sécher sur une assiette au bain-marie ou dans le four d'une cuisinière laissé ouvert.

On écrase sur un grès ou sur le dos d'une assiette à l'aide d'une bouteille 1|2 litre en verre vert, par exemple, que l'on roule sur l'échantillon desséché.

L'écrasement doit se faire sans trop de grincement, ce qui indiquerait une forte proportion de sable, produit pulvérulent qui, à première vue, peut être confondu avec du phosphate.

Cette remarque est corroborée et confirmée par la mise sous la dent.

Le phosphate s'y écrase avec assez de facilité ; le sable offre une résistance fatigante et la quantité en est presqu'estimée de suite.

Si la bouteille n'a pas donné ce bruit caractéristique, la certitude de la possession du phosphate n'est pas encore faite : ce peut être de l'argile, une combinaison de la silice et de l'alumine presque toujours plus ou moins colorée en rouge par la présence du fer.

Dans ce cas, nous goûtons pour nous assurer si la poudre happe à la langue, c'est-à-dire donne la sensation d'un corps poreux pompant l'humidité de la muqueuse en contact ou, si je puis m'exprimer ainsi, rèche à la langue.

Le phosphate paraît un corps inerte qui dénote peu de chose à la saveur.

Les personnes habituées à l'emploi du
verre grossissant, loupe ou compte-fils (et
on s'y exerce aisément) peuvent en déposer
sur une pierre noire comme celle-ci ou sur
un papier noir, l'étendre en tournant avec
le doigt et observer.

Les trois corps qui peuvent se trouver
dans le mélange terreux se présentent
ainsi :

Le sable, en petits morceaux arrondis, à
facettes, relativement gros, réguliers, parfois transparents comme du verre, ou nua-
geux comme de l'ambre légèrement jaunâtre, très facile à distinguer.

L'argile en petits amas totalement opa-
ques, irréguliers dans leurs dimensions,
s'agglutinant toujours un peu, se séparant
difficilement quoiqu'on les ait étendus
aussi complètement que possible.

Le phosphate de chaux, en petits grains

ronds, réguliers, bien disséminés sur toute la surface, d'un blanc jaunâtre moins mat et plus grisâtre que l'argile.

Se méfier des points blancs qui le plus souvent ne sont que de la craie répartie dans la masse.

Ne pas attacher d'importance aux débris de coquillages qui la plupart du temps sont des fossiles de la craie et n'apportent que des traces insensibles de phosphate.

Le chercheur ajoute à ces données générales des appréciations particulières qui sont le propre et le fruit de l'expérience acquise.

Pardonnez-moi, je suis entré dans des détails si minutieux, peut-être aussi un peu ennuyeux ; mon excuse est le désir d'éviter les recherches stériles et de faire servir à coup plus sûr l'activité de chacun.

Ne croyez pas que je pense un seul instant caractériser un échantillon de phosphate d'après un aperçu si imparfait.

Mais déjà on aura rejeté bien des prises d'échantillon qui ne valaient pas les essais qui vont suivre.

On a beau faire, le plus habitué peut s'y laisser prendre ; les réactions chimiques permettent seules d'asseoir une approximation d'abord, la conviction ensuite.

Ces deux mots indiquent bien nettement que la chimie ne livre pas son secret de suite à moins qu'on ne l'y contraigne par une marche régulière et sûre.

Mon désir et mon devoir pour vous remercier de votre bonne attention et de votre indulgence à mon égard est de diviser les essais en deux ordres bien distincts :

Ceux à la portée de tous en prémunissant contre les chances d'erreur.

Ceux de l'homme plus exercé au maniement des réactifs accompagnés du dosage
exécuté par le chimiste dans son labora-
toire.

L'essai rapide, l'essai préliminaire peut
revêtir bien des formes diverses suivant le
petit matériel de chacun, suivant que l'on
n'a rien de spécial comme ustensiles de recherche.

Il est bon de se procurer ce qui est nécessaire : des tubes à essai ou des capsules
de porcelaine, quelques flacons à large ou-
verture d'une contenance de 1/10 de litre,
plusieurs petits entonnoirs de capacité cor-
respondante et des filtres de minime di-
mension.

Voilà pour le matériel ; il faut des réactifs:
de l'acide chlorhydrique ou azotique et de
l'ammoniaque.

Je vais vous citer le procédé le plus en

usage ; vous verrez tout à l'heure combien il est imparfait, qu'il faut l'abandonner ; je vous en exposerai un autre qui évite presque toute erreur.

Trois opérations sont indispensables :

Dissolution de la terre dans l'acide,

Filtration de la liqueur acide,

Précipitation du liquide filtré par l'ammoniaque.

Je donne la préférence à l'acide azotique sur l'acide chlorhydrique, parce qu'il attaque moins l'argile et dissout moins le fer.

Dans le tube à essai ou dans une capsule de porcelaine ou dans une simple tasse à café, on verse un fort filet d'acide coupé d'au moins moitié ou deux tiers d'eau de puits, 5 à 10 cent. cubes, et petit à petit, on y ajoute une forte pincée de terre bien pulvérisée, 2 grammes par exemple.

Si la terre est mise d'abord, il y a crainte, en cas de présence du carbonate de chaux, d'un dégagement tellement abondant que l'on ne perde une bonne partie de l'essai.

Il faut chauffer en agitant avec une baguette de verre ou un petit bout de jonc.

On peut le faire sur une lampe en remuant sans cesse ou au bain-marie dans l'eau chaude, ou au four en posant le tube ou la capsule dans ou sur un verre.

Dix minutes sont suffisantes.

Après une dernière agitation, on filtre sur un tube fermé, avec filtre en papier ou même un morceau de flanelle.

Le refroidissement se fait rapidement : on attend qu'il soit complet et on additionne le liquide de filtration d'assez d'ammoniaque pour que l'odeur si caractéristique de l'alcali se fasse bien sentir.

Il y a toujours un précipité, si minime qu'il soit. C'est l'observation de ce précipité qui est la partie essentielle de l'essai entrepris.

Il est abondant ou il est presque nul. Admettons qu'il s'en soit déposé beaucoup, car, dans l'autre cas, c'est qu'il n'y avait rien.

Il est blanc et opaque comme du lait ou bien il est diaphane et rougeâtre.

S'il est *diaphane et rougeâtre* quoique volumineux, il ne représente aucune proportion utilisable (alumine et fer).

C'est tout autre chose s'il est laiteux, car vous possédez du phosphate; très épais, il y en a beaucoup; un peu fluide, c'est une quantité moyenne; clair, il peut être employé au moins pour soi.

Dans ces conditions, on répète les sondages, on va plus profond, on étudie la question en s'entourant de renseignements.

J'appelle votre attention sur le point souligné : la hauteur du précipité n'accuse rien, c'est plutôt la couleur sur laquelle l'attention doit être éveillée.

Il est bien facile à concevoir que chacun faisant son essai à sa guise, sans balance, à vue de nez, en terme banal, rien de précis ne peut être retiré de l'essai ainsi exécuté que la présence du phosphate de chaux.

Mais je vais vous citer un cas, dans lequel ce procédé est totalement en défaut et de bien habiles s'y laisseraient prendre.

Voici juste un échantillon reçu dernièrement : par hasard l'alumine est abondante et elle se précipite totalement blanche, presque sans fer.

Il suffit qu'un seul fait comme celui-là se présente pour faire abandonner complètement le procédé à l'acide et à l'ammoniaque, d'autant plus que le second est encore plus simple et évite toute erreur.

C'est le seul à l'avenir qui, comme essai préliminaire, mérite d'être employé.

On dissout à l'acide *azotique* et on filtre comme ci-dessus. — Je souligne acide azotique, car il faut cette fois-ci de l'acide azotique, l'acide chlorhydrique n'irait pas.

La liqueur filtrée et froide est étendue d'eau, et toute acide qu'elle est, on y verse de la solution de sous nitrate de bismuth, si facile à préparer et à la portée de tous.

5 gr. bismuth, 20 gr. acide azotique, 150 gr. eau distillée ; faire bouillir et filtrer.

Cette fois-ci avec des sables et des terres n'importe lesquelles, plus de crainte d'erreur.

Il se fait un précipité, il y a du phosphate ; pas de précipité, pas de phosphate.

Ce procédé, connu déjà du reste, mais rejeté comme irrégulier pour le dosage, est basé sur l'insolubilité du phosphate de bismuth dans l'acide azotique étendu.

Pour faire mieux, le matériel nécessaire devient assez important, et l'échantillon vaut la peine qu'on le fasse analyser par une personne compétente.

Au lieu par une simple saturation, de faire réapparaître le phosphate insoluble, on le maintient en dissolution à l'aide d'un sel qui retarde sa précipitation, empêche l'alumine et le fer de le suivre quand on le fera déposer.

Ce sel est le citrate d'ammoniaque dans lequel est et reste entièrement dissous tout phosphate de chaux traité par un acide.

Il ne reprend plus la propriété de devenir insoluble que si on fait intervenir la magnésie soit à l'état de sulfate, de chlorure ou de citrate.

Alors prend naissance un précipité cristallin qui ne se forme plus qu'à la longue, qui met 6 heures à devenir complet, c'est le phosphate ammoniaco-magnésien.

Si cette fine cristallisation a lieu, on peut être assuré qu'il existe du phosphate dans le sable mis en expérience.

Les acides de l'arsenic seuls peuvent fournir quelque chose d'analogue, mais ils sont très rares dans les terrains.

De plus, quand la magnésie est en quantité suffisante, tout l'acide phosphorique est entièrement précipité sans la chaux avec laquelle il était combiné.

Mais comme l'acide phosphorique répond toujours à une proportion exactement la même de phosphate de chaux, l'appréciation de la valeur réelle est facile à établir.

On commence la dissolution comme pour tout à l'heure, mais en pesant 5 grammes juste de phosphate et en employant un volume connu d'acide azotique coupé au

1/5 (environ 20 cent. cubes); on complète
par lavage du filtre 100 centimètres cubes.

Sur ce liquide ainsi dosé, on prélève une
petite quantité bien mesurée; le citrate
d'ammoniaque magnésien est ajouté. Ce
n'est qu'après cette addition qu'on sature
par l'ammoniaque en excès.

Simple interposition du citrate d'ammoniaque et de la magnésie entre l'acide azotique du commencement et l'ammoniaque
de la fin.

Seulement on agit sur des poids réguliers et toujours dissous dans le même volume de liqueur.

Le chimiste ne s'arrête pas là, car la
question qui lui est posée est bien nette :
on lui demande d'une manière positive
combien il y a d'acide phosphorique pour
cent, puisque c'est suivant la teneur en cet
acide que la facture sera établie.

Il recueille donc ce phosphate ammoniaco-magnésien, le lave avec la plus grande minutie et le calcine ou le dissout.

C'est vous dire qu'il existe deux manières de terminer l'analyse.

A mon avis, on doit plutôt dissoudre; les résultats m'ont toujours paru plus justes, à cause d'une légère proportion de matière organique et de sels entraînés.

La dissolution opérée (elle s'effectue du reste avec la plus grande facilité), à l'aide d'une liqueur titrée, on dose l'acide phosphorique régulièrement.

Cette fameuse liqueur titrée est une simple dissolution d'urane à l'état d'acétate ou d'azotate. (Procédé parfaitement étudié par un chimiste éminent, M. Joulie, dont nous avons déjà, du reste, prononcé le nom).

Le principe de la réaction est le suivant:

1° L'urane donne avec le prussiate jaune

un beau précipité rougeâtre foncé très sensible.

2° Mais le phosphate d'urane qui se forme quand on verse la liqueur dans le phosphate est insoluble dans l'acide acétique libre substitué à l'acide azotique par un tour de mains (acétate de soude).

3° Une simple goutte d'urane en plus que celle destinée à immobiliser l'acide phosphorique révèlera sa couleur au prussiate jaune.

Il ne restera plus qu'à lire sur la burette la quantité employée et un simple tableau annexé à ce petit travail fournit l'acide phosphorique de l'échantillon et même le phosphate de chaux, dont le calcul est fait d'avance par son multiplicateur 2.18.

Vous voyez toutes les phases de cet essai se passer devant vous et le résultat inscrit sous vos yeux.

6

Si j'ai tenu à abuser de vos instants en vous faisant assister à une opération analytique, bien plus longue à expliquer qu'à exécuter, c'est à cause de l'importance que prend ce titrage dans les transactions de vente.

Le phosphate de chaux n'est pas seulement vendu tel que nous venons de le voir préparer ; l'agriculture même ne l'emploie pas ainsi.

Pour que son effet soit complet, pour qu'il fournisse bien à la plante ce merveilleux acide phosphorique qui doit l'aider à se développer, à se fortifier, à devenir productive, il est nécessaire qu'il soit transformé en superphosphate de chaux.

Nous allons donc nous occuper quelques instants de l'emploi du phosphate comme engrais ou plutôt, afin de mieux préciser, des conditions les plus favorables sous lesquelles on doit le présenter à l'assimilation du végétal.

Le phosphate de chaux de Beauval, comme les autres similaires, est un phosphate tribasique ayant la formule $3\ CaO$. PhO^5, c'est-à-dire 3 équivalents de chaux combinés à un seul équivalent d'acide phosphorique.

Sous cet état il n'offre pas d'avantage à la culture. Son assimilation par la plante est excessivement faible ; l'action sans être nulle n'est pas suffisamment rapide, surtout pour la culture intensive actuellement en usage.

Une remarque cependant : quand la pulvérisation a été complète, qu'une poudre réellement impalpable a été obtenue, il paraît, et M. Raquet, si compétent dans la matière, nous le répétait encore dernièrement, que son usage direct est apte à four-

nir des effets sensibles tout comme ceux
des phosphates de Pernes et autres. Mais
c'est l'exception, et la transformation est
à l'ordre du jour. L'action est alors rapide
et les résultats suivent la récolte à laquelle
elle était destinée.

En quoi consiste donc cette transformation :

A changer la formule du 3 CaO, PhO⁵ en

A changer la formule du $3\,CaO$, PhO^5 en
deux sels analogues, mais qui contiennent
moins de chaux et que l'on nomme phosphate soluble et phosphate assimilable. Ils
sont représentés par

$$CaO.\ 2\,HO\,PhO^5 \text{ soluble}$$
$$2\,CaO.\ \ HO\,PhO^5 \text{ assimilable},\ ou$$

soluble dans le citrate d'ammoniaque.

Cette modification est obtenue à l'aide de
l'acide sulfurique à 53 degrés B qui prend
pour sa part 1 ou 2 équivalents de chaux.

Ainsi changé le phosphate acquiert une

valeur double au moins de ce qu'elle était auparavant. Tandis que la transformation n'a coûté que 15 0|0 de la valeur.

Notre sympathique collègue et ami, M. Edouard Lamy, l'intelligent directeur des usines Kuhlmann de notre ville, a bien voulu nous fournir des renseignements sur les prix de la transformation.

Je vous les communique avec le plus grand plaisir dans le cas ou plusieurs de nos phosphatiers voudraient se livrer à cette industrie facile à installer dans la campagne et au pied des poches à phosphates.

Nous admettrons qu'il s'agisse d'un phosphate riche de Beauval titrant 70 °/. PhO^5 3 CaO.

Il exige pour sa transformation 90 kil. acide sulfurique 53 B pour 100 k. de phosphate.

Le rendement en superphosphate est de 92 pour 100 des matières premières.

100 k. phosphate + 90 k. acide 53 rendent

$$\frac{190 \times 92}{100} = 175 \text{ k. superphosphate.}$$

On laisse en moyenne comme inattaqué, c'est-à-dire non soluble dans le citrate 1 PhO^5 pour 100 de superphosphate, quelle que soit d'ailleurs la richesse de ce dernier en PhO^5.

Or, en admettant qu'il n'y ait aucune perte de PhO^5, avec du phosphate à 70 % PhO^5 3 CaO, ou 32 PhO^5, on obtient du superphosphate à

$$32 \times \frac{100}{175} = 18,22 \ PhO^5$$

On aura réellement 17,22

Puisque sur 18,22 on laisse 1 d'inattaqué, sur 32 on laissera 1,76.

Donc :

70 k. PhO^5 3 CaO contenus dans 100 k. de phosphate riche ne rendent que $32 - 1,76 = 30,24$ PhO^5 dit assimilable.

Ou enfin :

1 Equiv. PhO^5 3 CaO donne

$$\frac{30,24 \times 155}{70 \times 71} = 0,94 \ PhO^5 \ \text{assimilable.}$$

Le prix du phosphate se compte à l'unité de PhO^5 3 CaO par tonne, soit A.

Celui du superphosphate à l'unité de PhO^5 soluble dans le citrate par 100 k., soit B.

Nous supposerons que la transformation ait lieu à Doullens ou au Candas, c'est-à-dire sur la ligne du Nord pour la réception facile de l'acide sulfurique, et l'expédition des superphosphates.

A, soit le prix d'Equiv. PhO^5 3 CaO, varie

6.

de 0 fr. 80 à 1 fr. 10 pour marchandise mise
sur wagon en gare Doullens, sacs à retour-
ner. Comme pour la transformation nous
n'aurions, ni usure des sacs, ni mise sur
wagon, nous pouvons admettre que le phosphate amené en vrac de Beauval coûterait
au plus 0,90 l'unité (A), rendu dans l'usine
de transformation.

L'acide serait rendu de Doullens à l'usine
du transformeur au prix de 4 à 5 fr. les
100 kilos suivant l'importance des marchés.

Nous aurions donc :

100 k. phosphate (à 0,90 l'unité,
     litre 70 0/0) soit . . . . 6 fr. 30
90 k. acide 53° à 4 fr. 3   60

Les frais de fabrication et d'expédition
pour 100 k. de superphosphate sont :

Salaire, main-d'œuvre . . 0,15 c.
Blutage. 0,10
Ensachage et pesage . 0,08
Machine. 0,10
Entretien 0,15
Sac 0,25
Chargement sur wagon. 0,05
_____
0,88 c.

Soit pour 175 k. correspondant à 100 k. phosphate traité 1 fr. 54.

Donc en ajoutant :

6 fr. 30
3 . 60
1 . 54
_____
11 fr. 44   On obtiendrait

175 k. superphosphate logés en sacs, sur wagon Doullens, pour 11 fr. 44.

Ce qui fait 6 fr. 53 les 0/0 k. de super-phosphate.

Donc en résumé :

En supposant du phosphate à 70 0/0 à 63 francs la tonne, sur lequel on réalise déjà un bénéfice en le livrant à 0 fr. 90 l'unité à l'usine de transformation, et l'acide à un prix environ de 4 fr., on peut produire du superphosphate à

6 fr. 50 environ pour 100 k. logés en sacs, sur wagon Doullens.

Ce superphosphate titrant 17,22 PhO^5 comme nous l'avons dit plus haut, ce prix représente du PhO^5 à 6,50 : 17,22 = 0 fr. 377 l'unité, soit moins de 0 fr. 38 l'unité PhO^5.

Or, on vend couramment aujourd'hui 0 fr. 50 l'unité, soit 0 fr. 12 en plus.

0,12 × 17,22 = 2 fr. 066 pour 100 k. superphosphate

En supposant 1 fr. de bénéfice aux 0/0 k., il reste 1 fr. pour payer le transport, l'escompte et l'amortissement du matériel. — Ce qui est bien suffisant, le transport *moyen* de Doullens à toutes gares de la Somme ne dépassant pas 0 fr. 50 pour 100 k.

Il y aurait donc intérêt pour les possesseurs de terrains phosphatés de Beauval, à se réunir pour faire de la transformation, soit à Doullens, soit plutôt à Amiens, sur les bords du Canal de la Somme, — ce qui serait très avantageux pour les expéditions, par eau, en Bretagne ou dans l'Est de la France. — La création d'une pareille usine (qui n'existe pas actuellement dans la Somme), serait très utile et avantageuse pour les agriculteurs de notre beau département.

Espérons donc voir bientôt s'élever une

fabrique de superphosphates à Amiens ou environs.

Quelques mots avant de terminer sur la situation actuelle de Beauval.

La position tend à se modifier pour la nouvelle saison.

En sus des trois usines déjà en activité que je vous ai citées, celles de MM. Bernard et Cie, Desailly et Cie, Fouchard et Lambert, deux nouvelles sont en train de s'installer : la Société Française des Phosphates de Beauval, la Société Picarde des Phosphates de Beauval, sans compter plusieurs particuliers qui désirent exploiter pour leur compte personnel.

De nouveaux achats ont été également consentis : je dis achat, c'est par extension, car le propriétaire ne cède en général que le droit d'extraction.

A ce travail est jointe une carte de la

commune de Beauval et ses voies de communication : vous y pourrez voir les terrains riches du 1er gisement, avec les limites des propriétés.

Le 2e gisement est également indiqué avec ses divisions. La couche de phosphate y est déjà bien moindre en épaisseur et beaucoup plus disséminée.

De 2 m. 50 près de la vieille église, elle descend à 1 m. 20 environ, pour aller en diminuant vers les autres gisements.

La carte que je vous présente est à l'échelle de 1/10,000e ; je la dois à la bonne obligeance de MM. Hordéquin.

Mais, vous le savez comme moi, il n'est pas de bonheur dans ce monde qui ne suscite d'envie ou de jalousie.

Cependant, ce trésor a été payé assez cher; la vie d'une jeune et innocente victime a marqué, hélas, sa découverte d'une trace ineffaçable.

Souhaitons que nos amis de Beaüval puissent profiter en paix de leur bonne fortune et que l'acte de désintéressement si digne d'éloges d'un de leurs compatriotes ne soit pas irrémédiablement perdu.

A l'œuvre donc à Beauval et partout dans notre région.

29990 — AMIENS. — IMP. T. JEUNET.

ESSAIS DE PHOSPHATE DE CHAUX

Tableau de Conversion de l'Acide phosphorique (PhO^5) en Phosphate de chaux ($3CaO. PhO^5$)
$PhO^5 \times 2.18$ (à 0.05 près).

PhO^5	$3CaO. PhO^5$	PhO^5	$3CaO. PhO^5$	PhO^5	$3CaO. PhO^5$	PhO^5	$3CaO. PhO^5$
10	21.80	17.5	38.15	25	54.50	32.5	70.90
10.5	22.90	18	39.25	25.5	55.60	33	71.95
11	24	18.5	40.35	26	56.70	33.5	73
11.5	25.10	19	41.40	26.5	57.75	34	74.10
12	26.20	19.5	42.50	27	58.85	34.5	75.20
12.5	27.25	20	43.60	27.5	59.95	35	76.30
13	28.35	20.5	44.70	28	61.05	35.5	77.40
13.5	29.40	21	45.80	28.5	62.10	36	78.50
14	30.50	21.5	46.85	29	63.20	36.5	79.60
14.5	31.60	22	47.95	29.5	64.30	37	80.65
15	32.70	22.5	49.05	30	65.40	37.5	81.75
15.5	33.80	23	50.15	30.5	66.50	38	82.85
16	34.90	23.5	51.25	31	67.60	38.5	83.95
16.5	36	24	52.30	31.5	68.65	39	85
17	37.10	24.5	53.40	32	69.75	39.5	86.10
						40	87.20

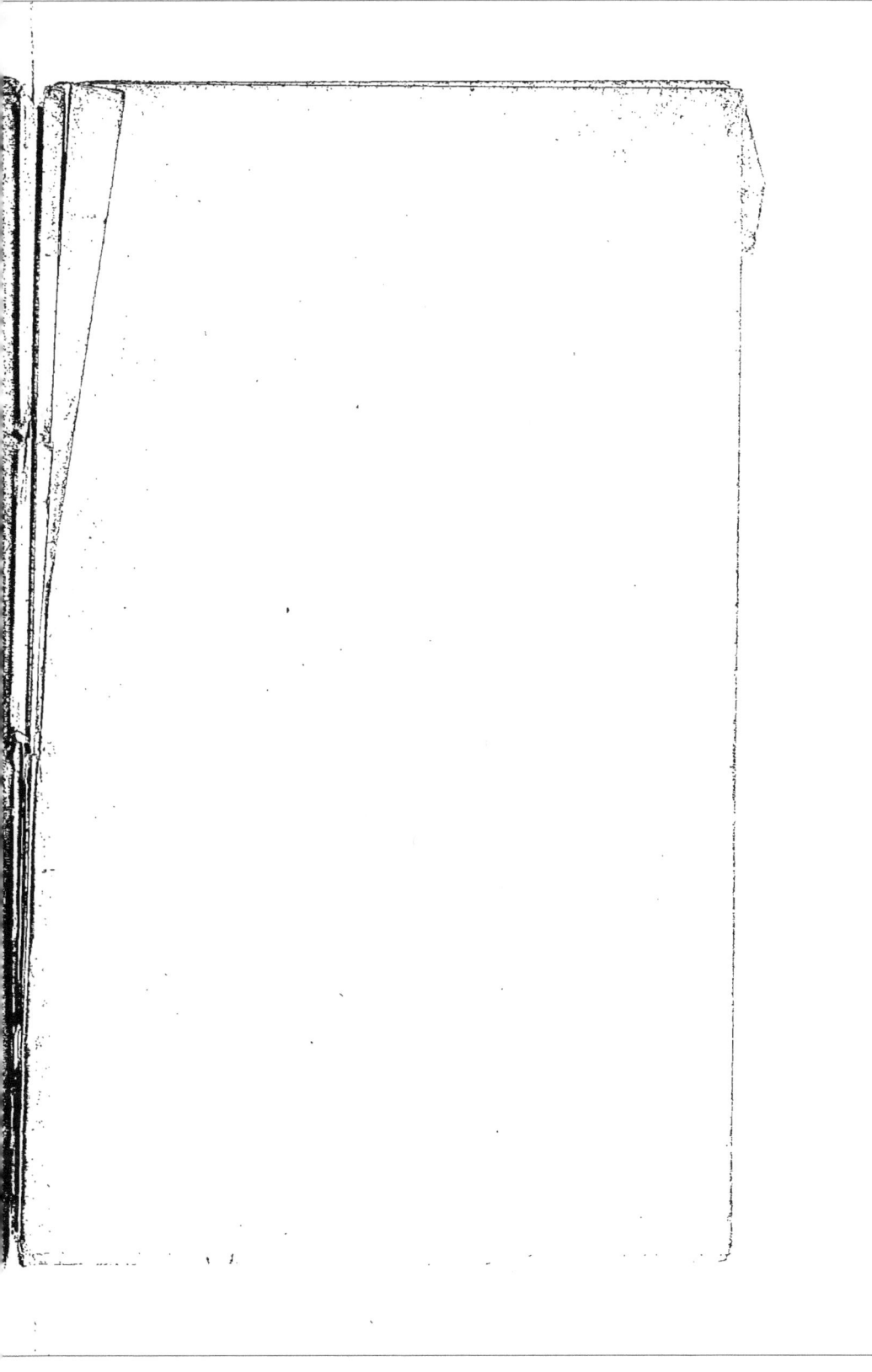

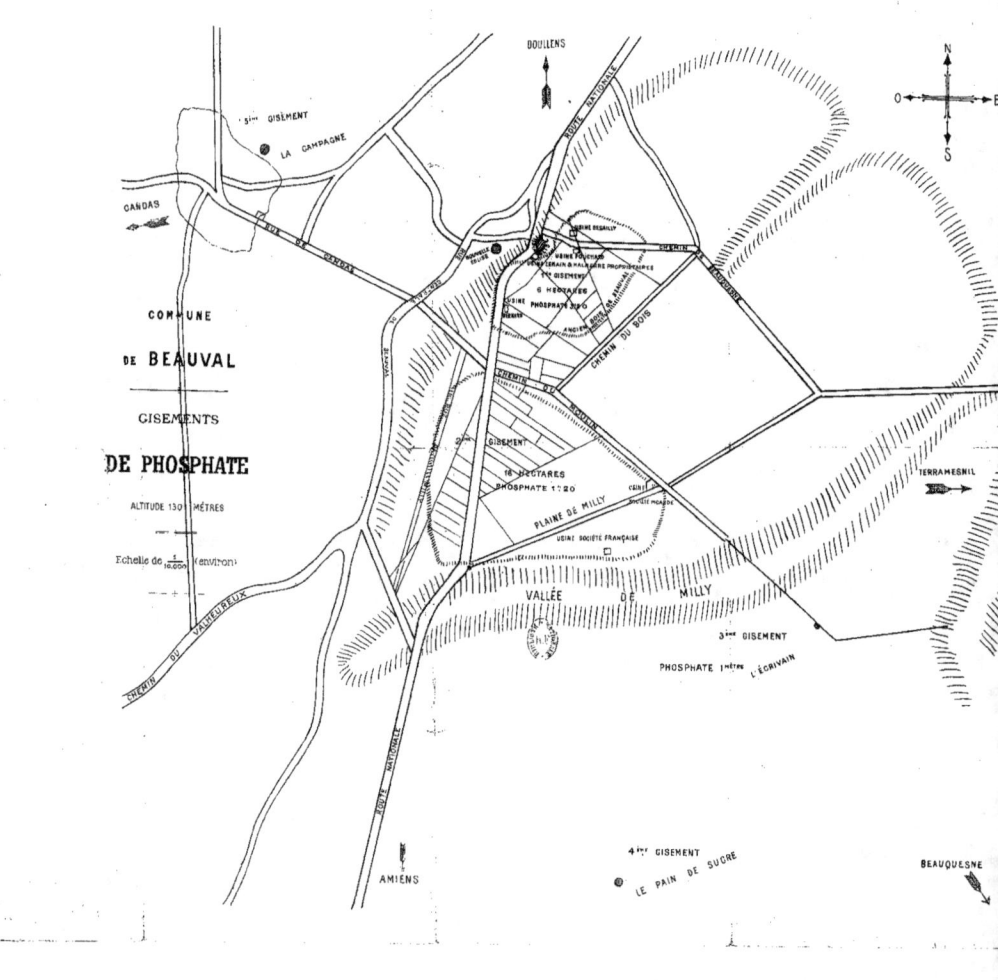

COMMUNE
DE BEAUVAL

GISEMENTS
DE PHOSPHATE

ALTITUDE 130 MÈTRES

Échelle de $\frac{1}{10.000}$ (environ)

www.ingramcontent.com/pod-product-compliance
Lightning Source LLC
Chambersburg PA
CBHW060834250626
47162CB00005B/2065